竜骨《キール》もて

永田淳
歌集

Jun Nagata

砂子屋書房

＊目次

装本・倉本　修

歌集　竜骨《キール》もて

イロハカエデは濡れながら

走りゆくタイヤにあがる水音の北山時雨は午後を降りつつ

赤や茶のイロハカエデは濡れながら　小さき子の墓までの蹊《みち》

櫂《かい》よりもひとつ上にて桜組六年前に死ににき三歳

葬りの日もこんな時雨が降っていた香炉にふたつ赤き風車

見晴らしのよき高さなり通いいいし保育園が足許に見ゆ

戒名に生前の一字の混じりあり遥かに長き死後の日にち

カラフルなキャンデー袋を供えたりイロハカエデの甃《いしみち》もどる

わが祖母は

少しずつ異なる記憶持ち寄ればおそらく君の方が正しい

そしてその少しの違いがこの夜の君の寂しさまた雨が降る

ぞろぞろとランゲルハンス島を渡りゆくカツオドリかも寝ねゆく際の

三列の麦苗蒼し　半生に許しえざりし友あらなくに

降りしきる雪の大原越え行きて腫瘍見つかりし祖母に見えき

わが祖母は「淳ちゃんか」と声に言う八十を過ぎ惚けておれど

山口県光市親子殺人事件

ブロウ型眼鏡の奥でいくたびの瞬きをせりフラッシュにたかれ

彼の上に流れし時間の嵩思う我は子供を育ていし日々

「死刑」とは記号なれども彼の前に置かれし時の意味をや知らね

少年に九年経てど「元」がつきその「元」の字の肩付きの見出し

ある秋の日に「元少年」は死を迎うべし死刑の後に

おそらくは朗々とまたはっきりと主文は言い渡されたらん

命令書に食い込む法相の押印や合法的に殺しうる一人

馬鈴薯の

喇叭の音長く響かせ豆腐屋が欅若葉の間より来つ

馬鈴薯の五弁の花の咲き出でて遠くなりたり昭和の理科室

あらたまの六月号に桂一郎の歌の載りいて五月の終わる

ゆっくりは転ばぬスピード自転車の籠に鋤入れ老婦は行けり

盗賊のごとく華やぎ訪いたしと　十津川吉野川山の深かれ

祖父の亡き六度目の五月を祖母は病む桐よ近江の空へと開け

FD3S　Ⅳ型

河骨や月を包みいし雲はいま深泥池を西に過ぎれる

繰り返し歌うべきものとして我に近しき死者たちはあり

十二年憧れ続け五年間乗り続けたりRX-7に
そしていまもまだ焦がれいる車にてRX-7を手放さんとす
家内にて長雨降るを聞いており雨からの距離雨までの距離

菱の花小さく白く咲き出でて裏返るなき水面おもえり

比良の峰に尾花生れいむ　家族とう四人に歩きし日のかつてあり

ヒオウギの咲ける傍えに週に二度黄のゴミ袋四、五個の並ぶ

川の面に映れる月のゆたゆたと流されずして少し欠けいる

ふくよかに快活なりし

君が死の十五時間まえ櫂と玲《れい》連れて見えき月曜の夜

お前たちの血の八分の一はこの人のこの死に近きひとのものなり

接し方の分からぬ二人に何も言わずああそうだ俺だってわからぬ

わがままを言わざりし祖母なりしかど病院はいやと言えり二月に

ふくよかに快活なりし君江さん悲しき顔をついに見ざりき

「お母さん」の母の呼びかけに口を開けわずかに「あ、あ」と漏らしたりけり

「あ、あ」の続きはついに喉を通らざり　有り難かったのだ死の間際まで

この人の最期の言葉は「ありがとう」名神高速をいったん帰る

我がなしし『秋草抄』も柩へと右腕近く収め退れり

河野君江第二歌集

渡りつつあり

荻の穂の枯れいる空き地のひところ冬日のながく四角く射しぬ

草紅葉まじる賀茂川土手の上を冬の日しろく渡りつつあり

日すがらを陽の射さぬ道の傍らにいぬたでくろく枯れておりたり

すぐき菜の肉厚の葉にあまたなる露のおかれて冬に入りゆく

街灯のなき路地裏を良夜なり土塀に影をうつしゆく猫

春の水ゆく

花なべて散るために咲くされどまたしみりしみりと噴く桜花

わが上をおおう桜の木下闇疏水の縁を歩み来たりぬ

満開といえど疎にして山ざくら海松茶の枝の骨格の見ゆ

咲き初めし辛夷の白に降る雨に黄砂の匂いかすかに混じる

春の夜のいまだ寒きに咲き出でて灯のなき道に辛夷は続く

刈り込まれ立方体に咲く連翹その黄のほとりを春の水ゆく

驟雨のふれば

三ツ辻にながく咲きいるヤマボウシ驟雨のふれば驟雨にうたる

雨雲をぼんやり灯す小潮月比叡の峰を離りし頃か

山間に廃材を焼く匂いせり匂いはやがて地に沈みゆく

夏至の日の瓢簞崩山《ひょうたんくずれやま》静かなり積乱雲の大きなる影

立葵咲きのぼりきりついにその重きに耐えず傾ぎていたり

栗の花しずりて咲けるひとところ山の傾りに住む人のある

街路樹の下にほつほつワルナスビ咲けるに添いて人と歩めり

角に咲くビヨウヤナギの強がりな雄しべに手を触れ人は去りゆく

ウチワヤンマは

夏日濃くかぎろう湖へ翅あおきウチワヤンマは夏に泊つべし

外灯に照らされ攀じる雨蛙影もろともに身を引き上げつ

一筋のカーテンの間を洩るる灯に木槿は白く密に咲きいき

蜘蛛の巣にかかれる螢明滅の間を長くし食われてゆけり

いずれいずべに

霧の濃き碓氷峠の車道わき標高千ｍの標識のたつ

落葉松に晩夏の陽の差し込めばたちまち霧のたちのぼりゆく

照り翳りしつつ浅間を離れざる雲にはつかな秋は兆せり

浅間岳その稜線のながながといずれいずべに線の果つべし

楡の木の疎林に葉洩れ日明かりいるその斑の中を子の歩く見ゆ

おちこちの下草のなか紫のアサマフウロは時を揺らして

虚空、清浄

日の暮れは同じ時刻でありしかな祖母逝きし日の近づきてくる

離れおればさして変化のなかりしを瀬田川越えてゆくこともなし

帰るたびわが背の丈をＭ寸やＬ寸などと見立てたまいき

死の前夜名神高速三車線黄の灯火つらなりており

夕暮れの小川に添いてふく風の中を歩める姉弟の見ゆ

立ち止まりたちどまりして遡《のぼ》りくる小鷺の嘴《はし》の黄色くながし

三度ほど使いてやがてわが詞《こと》となりたる心地「臥《こや》る」「彫《え》る」など

夜の卓に描き文字の連なれる宿題二枚に消しゴム置かれ

子をのせぬ乳母車押す若き男と黄昏の路地にすれ違いたり

火脹れた刀鍛冶師の手に打たれ霜月の陽が沈みはじめる

ほつほつと坊主の行列歩きくる恒河沙、阿僧祇、那由他、不可思議

すっきりとあちらの世界を見通して刹那、六徳、虚空、清浄

いくひらも欅の落葉絡ませて蜘蛛の巣ながく垂れておりにき

砂利の上の落葉を掃くは楽しいぞ竹箒もて夕方を掃く

また一つ賞状をうけさらにまた小さくなれる母と思いぬ

何も知らぬ陽《よう》がその祖母の掌に蝸牛の殻をいつつ載せたり

栞ひとすじ

暁近き岩倉川の砂州の上を鹿の四頭渡りゆく見ゆ

月光の匂うがごとく地に射せり欅は全き裸木となる

冬の夜に栞ひとすじ挟むがに東の空を流星の落つ

鑄ふかき天秤棒に吊るさるる漬物石の長く曳く影

すぐき漬くる漬物樽の鉄箍に茶色き錆のうきいるが見ゆ

あおによし楢の小川のそのしもは灌漑となり水路をつたう

レグルスの彼方に冬の遠雷は音なくひかり空に消えゆく

眉月のち半月

眉月は目線の上を落ちかかる春宵といふに遠き日の暮れ

街の灯の届かぬ川の中ほどに青鷺は一本脚に立ちいる

遠き代に妖怪のかく生《あ》れにけん頸をたたみて眠る青鷺

山茱萸の幹の膚《はだえ》の粗さかな自転車を止め見ている男

昼過ぎに昇り初めにし半月《ゆみはり》の弦はわずかにふくらみにつつ

その身熱を

冬の夜を一人し帰る山道に今年生れたる仔鹿の立てり

九歳のころに駄菓子を求めいし袖岡商店更地となりぬ

背を低くヘッドライトをくぐりゆくタイリクイタチは長き尾をひき

華氏ならば三十一度ポケットに突っ込んだ掌の温まるまで

濁声に青鷺一羽とびゆけり大き翼のひとかきの暈《かさ》

暖かき日の暮れがたの家内に椿象くさき一画の生《あ》る

あの若き女《おみな》のたてし畝ならん蕈の細かく鋤きこまれあり

雲に触るばかりの高処に鳶は浮きその身熱を空に伝えいん

亀や蛇蛙蟹ら

十数年細き流れが絶ゆるなく積みたる土砂の取り除かれる

帰化植物もともに茂りいし川原を青きユンボの掘りかえしゆく

土深く冬眠しおる亀や蛇蛙蟹らも掘られたりけむ

治水とう手懐けやすき言葉にて川の蛇行は削られてゆく

たすきに落つる

松ヶ崎旧街道をあさなさな子を保育園へ送る九年

ああきっと俺もこうして分かりきったことを子に言ってしまうのだろう

風邪の子が一夜嘔吐を続けいる傍《かたえ》に歌を作りなずみつ

櫂がもし同い年なら出来のよい妹を互いに語っただろう

夜の更けをあかく膨れて右の肩傾がせておりベテルギウスは

角曲がるたびに工事の灯の明かし人夫は両手に息を吹きかく

あわれ淡紅色　相模湾深く乙姫の花笠触手揺らせる

冬道麻子へ三首

ああいまも「五官の束」の歌人《うたびと》は歌作りおり「路上」に見つく

君が歌にわが名見つけし喜びも七年前となりにけるかも

枕辺に優しかりにきその甥もいかに年経む親となれるや

酔いてのち右へ右へと傾ぐ頭を右手に支うる力の失せき

綺麗ごと言いたくはなし戦時なら紛うことなき軍国少年

オリオンをたすきに落つる流星のその航跡はわれのみが見つ

結局はこの人から生まれたのだ蟬のしき鳴く未明ちかきに

死をも孕んでしまった肉叢が自らの死に呻くが聞こゆ

子や仕事その他の用事に託《かこつ》けてこの頃実家に行かなくなった

どうやって答えていいのか分からない日に幾度も容態きかる　母の

耳遠くなればますます奔放に振舞う母を想像しいき

けれどまだ先の講演承けるらしカレンダーにあまた記さる

スズメノテッポウ

これもひとつの生存戦略　家族六人がバラバラに過ぐす一日

それぞれの時間の春を過ごしいる四人を連れて畦道をゆく

その昔誰に習ったか草笛のスズメノテッポウ娘に教う

たっぷりと祖父の時間をひとり占めしていた春の土山川に

声に出しキンポウゲと言うは久しぶり黄の花多し畦道細し

満開の大島桜に晩春の夜は小雨を降らし始めぬ

夢の醒めぎわ

鶫の小さき胃の腑を満たししか欅の新芽はしおれ落ちいる

湖の東に麦の緑《あお》めるを川の蛇行に添いて眺めつ

あの夏に還れることのもはやなしいずれの夏というにあらねど

罵られ続けし夢の醒めぎわに傍らの子の寝息は聞こゆ

血を流し得るはた守るもの持たぬ我ら世代が中年に入る

中年とう言葉はやさし餓《かつ》えるを嘱望されし季を過ぎ来て

三軒長屋

遠江に白く水脈ひき小舟航く春干潮となれる頃おい

少年は武勇伝を語りたがるみずからのはた友だちのまで

遠き日にわが使いいしグローブが子の手にありて軟球を受く

源氏や平家などと螢を言い合いて貴船の沢をあの日遡りき

母、京大病院に一週間程入院した後に

仁和寺の三軒長屋を見たいと言うからに退院ののちのドライブ

医療用麻薬の見せる幻覚に転びしことを短く伝う

訪い来たる渡辺医師の挨拶の軽さに笑う　楽しきことは楽しきままに

わが母の少女でありし日を知らず死は本人の記憶にも来る

八月十日頃

奇跡など起きないかもしれないと思いたり夏の日盛りを母の眠れる

流麗な言葉に飾らるる挽歌など読みたくはなしいずれくる日に

歌会にて母の引きえぬプルタブを常に空けくれし真中朋久

七秒に一粒落ちる点滴の「ブドウ糖５００」最後まで落つや

死に至る前といえども用意しておかねばならず死亡通知書

死に近き冷たき腕に抱かれぬいい子だったよと繰り返すのみの

最後には茗荷の花ばかり歌いたり鉛筆をもてそを書き留めつ

暑き日に死ぬことを詫ぶる母の暑くていいぞ汗にまぎれる

最後まで感謝の言葉を伝ええぬわが手を握りさすり続けぬ

エーンエーンと生きいる母にもぐりこみ泣きいる紅を羨しみて見つ

死の影

ジッジッと時おり蟬の鳴く聞こゆ八月十二日夜の桜に

三人が囲めるベッドを少し離れ看護師ただしく正座していき

死の際は一瞬にしてその後にながくながく死は続かん

死の後に死の影とうはなくなりぬ実家の庭に転がる青柿

コスモスのようやくひらく季節なり去年ここに居て連歌巻きにき

泣かないと決めていたのに　母を知らぬ週刊誌の記者に答えていたり

淳だけは泣かないだろうと歌いにき　長男なんて辛いよなあ

母の居ぬこの世の川面に風の吹きこの世の時間が流れるばかり

覚めぎわを泣いておりたり秋の朝ひと目見たいと母の言いしに

『シリーズ牧水賞の歌人たち　河野裕子』

絶筆の七首を書き留め得しことをその一首を添削せしことを

傾きながら

秋の陽の傾きながら差す湖に櫂とふたりの魚釣る時間

稲架の上に二重にかかる稲の穂の数本は揺る雀の軽《かろ》し

この世にて母の子であるほかはなし日向の落葉掃き寄せながら

悲しくはあれど寂しくはなし母の遺稿を打ち込み続く

誰よりも速く速くと思いいきかの日々にわが１１００cc

200km/hまで躊躇わず届く単車にて新大阪まで通勤しいき

一歳の櫂をまたがせたる一葉残りいるのみ黒きバイクに

昼酒うまし

二枚おろしの一尾の鯖を焼きおえて骨のある方より食い始む

夜の底になにをか育てる心地して鯖の頭を庭穴に捨つ

クレームをうまくさばけてはいけないと切り泥みおり午後の電話を

目の前におらば殴りたき奴の一人ふたりいて昼酒うまし

落ちこんで居る間《ま》が惜しい二〇〇九年一月一日《いちぐわついつぴ》空うろこ立つ　河野裕子『葦舟』

落ち込んでいる日々もよし広辞苑に顎のせ作るわが夜の歌

諦めのごとくに屋根に消え残る斑雪のおもてわずか黒ずむ

降りぎわに不意に浮かびて消えゆきし一首は駅の遺失物となる

半眼の思惟にてあらん西空の月は儚き白さに沈む

あの時の

精神が目付きをかえる　かの日々の壊れた母を救いえざりき

鴨沂《おうき》高校正門前に咲きみちて白梅すこし眠たそうなり

死なないでと言いたくなかったあの時の自分がいつか支えてくれん
もし母が生きていたならせし額も含めて送る赤十字へと

『蟬声』初版

あの五月連休明けの焼き場にて祖父の煙を眺めおりにき

逝く前のひと月足らずに二〇〇首の歌を残せり母の手帖は

母あらば褒めくれたらむ筍の歯ごたえのよくゆがきあがるを

大いなる矛盾であるがそれ故に見せたかりしよ『蟬声』初版

オオミズアオかとときめきたりしがさにあらず門灯に浮く大き白き蛾

彼のCobra

青色の彼のCobraに二度釣りぬ梅雨の風中通夜に列なる

波の上に膵臓癌なること教えられきそれから僅か半年のこと

釣り仲間亡くしたことは二回目で　十二歳《ひとまわり》うえの遺影を見上ぐ

駅前の欅のつくる蔭に入り鳩の寄り来るまでを読みいつ

熊蟬は内耳の奥に鳴くものかわしゃわしゃわしゃと夏を降らせて

水あれば水辺に寄りて木のあれば木下に凭りて夏を迎える

水の匂い立ちこめるまで水撒きて月の満つ夜にひと日を終えつ

入院なさい

午前五時の第二日赤へ急ぎたり呼吸《いき》くるしげな颯乗せ妻と

宿直の老医のみたては喉頭炎入院なさいと簡単に言う

簡単に入院させる病院とそれに慣れたるわれら夫婦と

子を送り洗濯干して買い物へたまのことなら主夫業も好き

君の好きな葛餅と颯の好きなウルトラマン持ち　361号室へ

目前の信州行のメドつかず行きたかったなぁと陽《よう》だけが言う

二人減り四人となりたりこの先をこんな風に欠けゆくかたち

祖父・嘉七

もう決して長くはないとわかっているけれど誰も声には言わぬ

月光はいつもきれいだ外灯が切れかけている夜明け方にも

なんとなく悪い気がしてわが知らぬ祖母《おおはは》のこと訊かず過ぐしき

わが子らと二度ずつ握手をしてのちに大き口あけ臥してしまいぬ

日数はかぞえるほどしかもうあらず四人が仕切られ臥しいる室に

去年妻を亡くしたばかりの父に降るこの十月の十三夜の光《かげ》

車好きであっけらかんは紛れなくこの祖父の血だ窓の外《と》は秋

二度も妻に死なれてしまったこの祖父にやがて死は来る　死は来るものなのか

ががんぼ息子

幼きを連れたる若き男いき　母を見舞いし乳癌病棟

着物の中は鶏がらだ　会場に誰か言いにき母の立てるを

ゆっくりと実感となってゆくだろうがんぼ息子の酔いの岸辺に

櫂の歌読まずに逝きたりどこかしらヘンテコなことばかりの櫂の

こんなにもペランペランとよく喋る颯を知らずに逝ってしまえり

玲の家出

儚くも冷気の冴えてゆく空の　小さき影の走るを見たり

泣きじゃくり転がりながら駆けゆくを玲《れい》と呼び止む三連星《からすき》を見たか

こんなにも泣き続けいる体力と一時間がほど夜の路地をゆく

あの時も小さな玲が泣いていた園庭の前に行きたくないと

由比ヶ浜にて

由比ヶ浜に兆しそめたる春潮の波待つ頭のくろく浮く見ゆ

川端が死を迎えにゆきし地なり　波をはさみて二本目のコロナ

波の間の海面を烈しく風のゆき水皺はあくまで風にしたがう

由比の海に対える如月朔日に身は乾きゆく午後をしずかに

またおいでと言いくるる祖父母すでになし裏木戸の辺に小さく並び

とまらなくなってしまった回想のむせるまでトマト匂いいし夏

あの夏がまた来るようだと母言いきあの夏を知るわれら三人

新幹線に泣いておりたり人らみな疲れて眠る夜を往くゆえ

シダネル展

いちいちの筆致は小さき黄なれど絵の右奥に陽は射していつ

北面の屋根のくらさが黄昏の教会の壁に光をうみぬ

独特な光を描くシダネルの　大きな景に光あてしむ

京都造形芸術大学

こいつどんなおもろいこと言いよるやろ　学生の顔をまっすぐに見る

核心に近づきいるが学生の幾人《いくたり》が寝るオキロナガシマ

車座に学生二十人侍らせて山の斜りの４１２号室

マニキュアを塗りいる男ナカニシが吾を見据えいる八十分

教育勅語

鏡へと落ちゆく快楽《けらく》水面はついにわが手の届かぬところ

浅き夜に君の浴みいる湯の音が静かに長く続くを聞けり

栴檀の木下の大き蔭のなか湿りをおびて人の立ちいる

さぁと言い立ち上がるまでの長き間を生木の焼ける煙見ていつ

一人だけ挙げるとするなら『汀暮抄』得てから後の大辻隆弘

うっとりと教育勅語の文体をわが口唇がなぞりいる夜

我のねむりへ

葉の下に入ればかそかに音のするほどの雨にて木下道ゆく

その峰に雲をかずきて浅間山斜りに緩く弧を張りいたり

夜の森が雨を喜びいるゆえに沈みてゆかな我のねむりへ

高邁な思想などなし落葉松に吹く風遠く渉りてゆけば

還らざる日々であれども黄釣船あるなしの風にはつか揺らげり

アキツの去らぬ

あやふやな角度の礼《いや》なし夜の塾を中学生は辞してゆきたり

この辺りで前田康子の泣きたりしか大島史洋『遠く離れて』

半月がわれを寂しくさせている遠き甍を鈍く光らせ

跨線橋に夕陽は長く射し込みて欄干にひとつアキツの去らぬ

水の辺はひと日の風を集めつつ夏は謐かに終わらんとせり

さらに

敵わぬと諾うことも勁さなり背《そびら》を汗の滲むにまかす

明らかな暴言なれど引っ込みのつかねばさらに押し通しゆく

海亀を眠らせつつある月光を腕の和毛に吸い込ませたり

夕照の水面の下のぬるさかなひとつの確かな死を沈ませて

故郷を持たざる我に十月の没り陽が鈍き音をたて落つ

礁《いくり》へ

武士《もののふ》を思わせて立つ男らがその身を鎧い竿を担げり

払暁の湾口を出づこの国の朝日は遠き海にあらわる

水面を隔て向こうのいろくずの種ごとに層をなしつつ泳ぐ

列島を描ける水辺のひとところ波が小さき蟹に寄せいる

陽に透きて青を深めるグレの鰓に黒き一筋のゆるき弓なり

この次に

この次に泣くのは中島みゆきの死新月の夜にテキーラを干し

杉原でなく塚本がとう空想の許されてあり薄き珈琲

街道にわが立ちて見る半音を上げて近付くマセラティギブリ

故郷に展示されいるわが母の二年も経てば歪みも正し

河野如矢・君江の墓へ

菊の花十本がほど持ち行きて手も合わせずに帰りきたりぬ

蔦紅葉せる土壁に沿いながら小さなる悲しみを言いたり人は

遠き日の記憶のごとき鮮やかさ地に触れながら靄退りゆく

師と呼ぶべき人を持たざる悲しみの分かってほしいと言うにあらねど

冬の陽に川照りながら流るると見えぬ速度に展がりてゆく

敗荷《やれはす》を遠く隔てる湖の上をいたく乾きて抜けたり風は

幾人もの祈りの嵩に一本の線香をさし赤く火を点く

月を見るものとして

凍《い》つる夜を月の出でおりその月を見るものとして我の立ちおり

一日の娘の視力を補いて後《のち》に眼鏡は机上に置かる

大切な時間と思う二人して飲み明かしたるあの夜のことも

サンズイは好きな偏《へん》なり二画目と三画目とをつなげたりして

湖北野鳥センターにて

大鷲を望遠鏡にて捉えたりガリレオの目には映らざりしが

雪雲の折々隠す竹生島斑雪《はだれ》は時に輝きを見す

枯松の枝にとまれる大鷺の飛び立つをまつ小一時間ほど

白鳥の頸の長きを子に隣り双眼鏡に黙し見ていつ

湖の水面にわかに吹雪き初む室内にいて黙し目守れり

雲は水面を

妻と子の家に寝ぬるが力なり夜のローソンにビールを買いつ

ぶら下がりを標準とせる組版の「やっぱり」「だから」の多き対談

裸木の椋は下より照らされて肌おのずから陰を作れり

ビストロに僧侶七人現れぬ仕切り役らしきが口上を述ぶ

幾重にも街は目覚めておりしかな如月の一号線南へ向かう

傾ぎつつ機窓は海面を見するゆえ寂しかるらん反対側は

湛《しず》かなる水のひろがる河口にて雲は水面をゆっくりとゆく

恃むべきはわが齢のみ春雨が一日を降りてやがてやみたり

灯を点すごとくにゲラに朱を入れつ沫雪の降る午の窓辺に

澤辺元一の選を受くるも最後なる二月号をひたりと閉ざす

オールドクロウ

わが妻をかばうがごとき物言いの息子とおでんの鍋をつつきぬ

かいつまむ程でなけれど時として言わねばならずわれ社主なれば

時にはと歌い出だして本当に母のない子であるに気付きぬ

夜の更けに電話に呼べばあの頃の顔に出できて一夜遊べり

像であることを忘れたような顔阿弥陀如来のいつまでも座す

お前がやがて我を裏切る日の真幸くあれと朧月見る

子らにまた巡りくるらんあの夏の夜明け間近の紫の空

譲れざる一つであれば室温のオールドクロウのほのかな甘さ

出刃包丁を

昼寝する息子を起さんと部屋に来て机の上の聖書を読みつ

子を四人卓に並べて次々に揚げておりたり芋海老茄子を

遊ばせておりたるわれが唐突にわが身に戻りくしゃみをしたり

ザリガニの二匹左を向きいるが画かれてあり陽《よう》の絵筆に

さまよわぬ魂のため川に立つ杭にカワセミは朝ごとに来る

あごひげをちょぼちょぼはやし無口なり冬でもサンダル藪内亮輔

川に添う風に額髪吹きわたりわが十九歳の春の香のせり

目つむりて歯を磨きいる午後十時どこかの岸を離りゆくごと

箔の色角度をかえて選り泥む　打ち合わせははや二時間となる

子には子の鬱のあるらん帰りきて湯を使う音長く続けり

払暁の語の親しさよ琵琶湖へと鯖街道を右に折れたり

われの身の透ける頃まで飲み続け一人の眠りに傾いでゆかな

今年また大島桜の咲きにけり約束ひとつ果たされぬまま

アカメモチの新芽の頃をひとり来て朱の明るさの翳に沈みぬ

なまくらは自分だけでよしギラギラと出刃包丁を砥石に当てぬ

死滅回遊

性欲の兆せる夜を一人なり外の面の蛙《かわず》しきりに鳴けり

さらばわが還らざる日々湖に添う一直線の夕暮れの道

夜の空が鳴き出ずるがにさまざまの声に鳴きおり遠近《おちこち》の蛙

公園のアメリカ楓に真向かいて座るわれにも東風の吹きくる

わが去りし後もしばらく揺れている鞦韆に午の零時きており

南方系魚種の死滅回遊のごと日本の縁を台風の過ぐ

検針員の置いてゆきたる原付を楠の木蔭が侵しはじめつ

わが夜の歌

藤棚の藤蔓に触る　さざ波のごとく寄せ来るポアンカレ予想

日輪の遠く輝く日すがらをわが背の汗に襯衣《シャツ》は濡れたり

性欲を疎みいし日々　抱かざるは遠く退きゆく潮騒に似て

山道の途中の枇杷を捥ぎて喰う　黄泉平坂ただに明るし

社《やしろ》ごとに榊植えらる榊には小さき白き神の咲きいぬ

斐伊川の流れなつかし緑濁《あお》る淀みの縁に佇つわれの目に

もう一度来る日のことを思いつつ日沈宮にみくじを買えり

やがてまた寂しき人の来て踏まん砂浜に細き雨の降り出づ

澄む水をわがかき分けて行きしのみその下流にも棲む魚《いお》のいる

夕曇る六月の空涼しけれ腕《かいな》となりたる翼さびしむ

蒼穹をわが発ちゆかん日のことを　夜の甲板の風に吹かれつ

雨なれば雨の音せり風なれば風の音せり竹の梢は

ビニールの螺旋を伝い六月の雨は車内に潦《にわたずみ》なす

睾丸の真裏の涼しサロンパス内股上部に貼りていたれば

一秒に一五〇トンを流しつつ琵琶湖は暁の空を映しぬ

誰彼を憎む心を育みて甘くなりたる酒の旨かり

わがことのようにもやがて思おえて毛先のかたき歯ブラシを選る

眠りいる子の下敷きをちょっと借りせつせつと書くわが夜の歌

重そうに脚を垂らしてユスリカの　結論はひとまず言わないでおく

忽然と現わるる事象のひとつなる南中近き欠くるなき月

月の夜をあるいは泣いていたのかも知れぬと思い黄の花に寄る

鶏肉を裂きたる指の生臭しその指をもて純米酒酌む

青く咲く紫陽花の辺に座りたり花に香のなきことを羨み

白南風に

白南風に吹かるる幹の太さにてわが夢に来よ初夏の楡

そういえばどうして覚えたのだろう髭の剃り方息子に教う

ごく淡きまじわりなれば婚約の話も人に伝え聞くのみ

川の面と橋の間《あわい》の量感に水を湛えて光の溢る

時やがて大きく盈ちて夏の夜の空へと咲《ひら》く木槿白花

アオサギの首伸べ漁る堰堤に半逆光の夏の夕光

小さな灰

どの夏というにあらねどなべて夏たのしかりしよ莎吊に風

車窓には夏の黄昏暗みつつ表情に顔をはりつける人ら

拭かれたる卓に束の間水気《すいき》あり天井の灯を黒く映して

その薄き鎖骨に鳥でありし日の記憶を乗せて女の去れり

起きたくなけりゃそのままでいいんだよ小さな灰を素手に摑みぬ

なめらかに邃くなる夜に堅く巻くオクラの蕾にわずかなる赤

勝つたびに万歳唱うる国に生れわが両腕の重たき晩夏

逆光の稲穂の上のアキアカネ生まるる前に落ちし原爆

秋は海

ひと日とて同じはなきを子に夏の一日過ぎゆく川風の中

遠からず初めて伯父とならん日の二十日の月にメヒシバの照る

山の辺に夏の星座のかげりつつ思い出だせぬことを想えり

秋は海そして絶えたる人声の　波に研がれて朽ちてゆく砂

落葉松の

浅間峰に風吹き上がる　落葉松の梢を過ぎりて落葉松の音

その筆致に躊躇い見えず　原稿の展示さるるは一枚目多し

池波正太郎記念館

軋みつつ夜は明けてゆく野良猫に女郎屋にそして少年兵に

向かい合うわが前薄く膜をはり子は定規にて線を引きいる

TOKYO2020

勘違いしないでほしい国民であるが私は望んでいない

おのずからナショナリズムの帯びゆくを沿道に振らるる小旗に見るらん

単純な喩だ日の丸を背負うだなどと易々と言いて足らえり

一薙ぎに散りぼふ草のいちいちにオナモミのありイヌタデのあり

今だからまだ言えるはず　日本に巨き五つの鎖の来るな

戦略も決勝戦も作戦も戦《いくさ》にあらば人殺むるべし

もう長く

水流を常に受けつつその繊き脚に立ちいる一羽青鷺

びわ湖タワー観覧車　イーゴス

虚空のみ残されたのだ湖の辺の大観覧車が日々解かれゆく

北空を巡る星座の軌跡かな時雨にわずかの水温のあり

もう長く櫂の泣くのを見ていない足音低く階を下りゆく

夜の卓に自我についてを訥々と話す息子に付き合う半刻

十四歳の混沌にわが若き過去も含ませ聞かせておりつ

紅葉がかすかに含むF音の　わかきミズキの細きかがやき

夜の風に喜びて揺る蔦紅葉かぜは記憶の襞にふれゆく

湖北へと

湖の面に力漲る暁を小さきハスの銀《しろがね》に跳ぶ

航跡を遥か南に引くわれに琵琶湖の巨き曇天の暈

極北を目指す逸りの竜骨《キール》もて70mph《マイル》に水をわけゆく

葛籠尾《つづらお》の崎の松より飛びたてるミサゴの眼に湖上の二人

遠雷が湖の奥より聞こえきぬ秋は謐かに深まりの中

崎を経て湖流は北へ変わるらしわずかな流れにボートを委ぬ

伊吹嶺の山肌も見ゆ　歳月は琵琶湖に水をなじませてゆく

千年は瞬きほどの時の間と竹生島の神は言いたり

そうやっていつまでも浮いてるがいい　バウを南へ奔りはじめつ

＊バウ（bow）＝舳先

鑢る

姿見の中より出でてわが頬に触れてふたたび中に戻りつ

三日月を射出《いだ》されたるのち金星はダーダネルスの海に墜ちたり

諧調の淡あわとしてモミジバフウ往来のなき甃に並む

鑢《やすり》には動詞もあったはず身の内の深き憂鬱を夜にやすりぬ

二次会に進めばやがて各々の本音のごときが語られ始む

板挟みと言えば用をなさぬらしダブルバインドと横顔に言う

紅梅の蕾の尖にほのかなる萌しの見ゆる逆光のなか

自らの正義をかざし法案を通すは愉しきことにやあらん

わが死後のごときをぬけてわが死後のごとく明るき地上に出でぬ

歌人のために

二月十一日十三時十二分、父より着信。「淳どうしよ、小高が死んだ」。娘の発表会中に。

え、の後に絶句せりけり薄暗き西宇治体育館の堅き椅子の上

声のやや上ずりたるを隣にて妻の聞きおりわが話すとき

『シリーズ牧水賞の歌人たち　小高賢』の最終校が届いたのは死の前日

死の二日前に書きくれし手紙には一杯やりましょうとインク青かりき

またひとつ間に合わざりし刊行の表紙の見本を携えゆかな

戻りたるゲラの年譜に一行の享年の日を入れねばならぬ

突然のことだったのだ冷え著き仕事部屋にて　幾度も訪いき

人の死は多くつぶやかれ《tweetされ》おりにけり大事なことは言わぬがよい

誰もみないかに親しかりしかを言い合える窓《window》を閉ざしぬ

一晩を歌人のために泣きし後あした編集子に戻らんと酌む

この春も

吾と妻の　否　歯ブラシの向き合える洗面台の灯りを消しぬ

かつて一度茶髪にしたる日のことを思い出だせり春浅き夜に

臘梅の陽に透けながら朧なりああこの春も逝かせてしまう

一年にわが預かりし税金を納めんとせり山茱萸の黄

悔いのなき人生などはつまらなし中二数学を子に教えつつ

夜の更けを滴《しず》りやまざる蛇口なり　椀に時間はみたされてゆく

七滝

七滝《ななたき》の母の生家の跡と聞く切り株のみの原を撮りたり

宮王神社、地図にもあらぬその脇の幽霊坂の幅約一間

確かなる入り口のなき竹叢の竹の葉踏みて河野家の墓

テルオさんタケっぽちなる大伯父の名前なつかし墓石の横

五十年経なば詣ずる人のなき墓に礼して辞してきたりぬ

血族はみな土の中土の中なる血族に掌を合わせたり

ふる里を持たざる我が懐かしむ七滝小川野　子を連れて来む

わずかなるべし

それぞれの度胸と矜恃と陰嚢をさげて男らホームに立てり

壮年の男ざかりの日々にして何やら愉し腹に肉付く

峠《たお》ひとつ越ゆれば明るき渓《たに》の見ゆわずかなるべし死までの時間も

勉強をせぬ息子がと母のごと歌い出さんとして留めたり

自らを御することとの闘いか　中学生の息子の試合

西に向えばすでに雨　窓の辺のビールの缶に露の凝りぬ

一匹の全き鰻の死を食いつ晩春の夜の川音たかし

闇から闇へ

過去にもう来ているような気怠さの闇から闇へ点じる螢

返本の結束紐をナイフにて夜半の事務所にひとり切りおり

あおのけに喉《のみど》をさらし仰ぎおり春の陽に透く四照花の裏

夜の底に月さわがしく照りにつつ潦の辺に影を落としぬ

あんな叱り方したこともされたこともない　母に従きゆく少年

おそらくは産卵に来ていた亀なのだ　太郎が背に乗りて行きしは

アラファトの目《まみ》の深さを忘れえじ　ぬるき湯船に目覚めてひとり

ひと一人殺さぬ生の

言葉にて彫琢しうる世界などまやかしならむ鱗翅目飛び

逆光の中なる信号の見えざるを社会党なくて十八年

交戦権と呼ばざることのそしてまた明らかに交戦権であることの

わがために残しあるべしひと一人殺さぬ生の死までの時間

反対のデモばかりなり半眼の思惟の月の今し沈みぬ

ノグリーの過ぎたる夜を電柱の高きに鷺の一羽寝ねおり

台風8号

望月となり損ねたる中空の今宵の円をわれが眩しむ

懐かしき暑さとなりぬ木洩れ陽の中なる歩みに添えるサンダル

遊星に

一本《ひともと》の歌作らんと夜の更けに肥後守にて鉛筆を研ぐ

慎重は時とし人を傷つくる受話器の向こうに降り出ずる雨

その後四年わが母失せて足許に小さき守宮の四肢の短し

晩年を現在形に語れよと早き秋桜紺に揺れいる

遊星に一度《ひとたび》生れてそのおもて吹きゆく風に吹かれていたる

猫を飼う夢のあえなく八月の風量弱の扇風機まで

表現に拠りゆく情《こころ》台風の近づく空に不意の夕焼け

醒むるまで待ちいることの　夜更けて冷ゆるグラスに唇をあつ

鞦韆の下のわずかの窪みには夜来の雨が陽を返しおり

子に文を

悔いのなき夏などはなし逝かしめて立秋の後のわが誕生日

スーパーに級《しるし》のごとき西瓜購い左手《ゆんで》にひたに重たかりけり

ひとたびを会いたるのみにて訃に触れぬ母と同年美しき人なりき

たちまちに月中天にさしかかり楡あくまでも裸身に樹《た》てり

四照花その果《み》すなおに紅《あか》ければ今日初めての秋の陽の没《い》る

子に丈を抜かれたる夜に祝杯をあげんと一人焼酎汲みぬ

歌は夜　蛇口を漏るる水滴の一粒そしてひとつぶ　歌は夜

声はまだ近くにあるよそしてまたおーいと呼ぶよ四年をすぎて

子らの歯の抜くる周期か洗面台に犬歯臼歯の並びていたる

崩えゆく燠火

秋霽れて落葉松林の確かさの子供の声の遠くに聞こゆ

肺胞の肉穂花序を赤く染めしずかに立たしむ天南星《てんなんしょう》は

姥百合の包の硬きを親指の爪もて破り種をこぼしぬ

花かろく宙に浮かしめ紫の釣舟草は下草のなか

四人子と夜の更けゆくまでをほろほろと崩えゆく燠火囲みていたり

島前と島後

遠流なる地へと空路に降り立てり空港は風　野分け近づく

島前《どうぜん》と島後《どうご》に分かれ水道は前後を隔つ沖つ白波

海士町の青山敦士道産子で隠岐に二人の子を育ている

石蕗の多に咲きいる中ノ島その傍らに自転車の銹ぶ

十月の空　十月の椋

日の暮れを翳深めたる裏山の間近にきこゆ鹿が鳴く声

四五日を鹿が鳴く音の続きしが秋の夕べの昏れのなずまず

秋の花つぷりつぷりと咲く多しヒメツルソバは地に近き花

十月の空の青さと双曲をなして褪せゆく十月の椋

わが丈を越えたる息子がわれよりも三キロ軽き体重を告ぐ

学校に体脂肪率測りきし子らはそよぎぬ川辺の茅《ちがや》

秋の日の　経営者には向かざると　欅の落葉掃き寄せていつ

一度めに決して点かぬライターを　口ごもりつつのぼりくる月

柔らかき生の側より眺むれば椅子に人なし死をし思えり

覚め際を泣いておりたり暁闇の　男にあれば堪えている日々

正論が正義と

静かなる地震過ぎりゆけこの夜にひとり灯ともすわが酔いのため

ミゾソバの花扱きつつ才能を羨むのはもうやめようよ

若き日にわれが書きにしヘッドライン思えば長く書き継ぎて来し

湯に注ぐ焼酎の香に噎びつつ滑空ではなく空を飛びたし

流れないのなら僕はもう帰るよカシオペアを空に残して

麦飯の茶漬けに茄子のぬか漬けを　最後の食と所望するなら

数値にて計りうるなら十月の朝日の硬度積分をせよ

いずれかと問わるれば反対と答えむを　正論が正義と信じいる問い

大声で言わなきゃダメだよそれからさ多くの人を引きつけなきゃね

中東の親子を殺す金となるかもしれぬわが払いし税は

陽に透きて十月桜咲きいたれ遠かりし日の近づきにつつ

我が知らぬ佳きこと数多あるらしくいいねいいねの念仏続く

閏月今宵の我のねむる上を棘皮《きよくひ》動物の月わたりゆく

あとがき

二〇〇七年の終わりから二〇一四年までに作った一二〇〇首ほどから四九九首を選んで一冊とした。序数としては第三歌集となるが、前歌集の『湖をさがす』は二〇一一年の一年間分だけの歌集だったので、実質的には第二歌集という位置づけになろうか。

この七年間に母方の祖母と父方の祖父、そして母が亡くなった。さらには実家の猫二匹も母の死の前後に相次いで死んだ。ただ、第一歌集の最後で妊娠がわかった第四子は無事に生まれ、今は小学六年生になっている。三十代後半から四十代にかけての年代というのはそういうものなのだろう。

この歌集の前半の時期、佐藤佐太郎に傾倒していたこともあり、しばらくは叙景歌しか作らないなどと公言していた。自身の歌のマンネリズムや自己模倣を脱したいという思いもどこかにあったのかもしれない。自然主義的、私小説的な作風から距離を置きたいという苦闘だったのだと、四十七歳を目前に控えた今の自分から見れば分かる、若かったのだろう。

しかし、前述したような身近な人々の死が、叙景歌しか作らないという自身に課した制約から自由にしてくれていたのだと、ゲラを読み返してみて改めて実感している。叙景歌だけという自縄自縛から解き放たれたことで、呼吸を楽にして作っている歌が増えていることは確かなようだ。すこし佐太郎に戻るが、佐太郎はあれほどまでに茂吉に心酔しながら何故、自らの母の死をほとんど歌集に残さなかったのだろう、そんなことを考えたりもする。

私自身について言えば、叙景歌を意識的に作ろうとしたことで、デッサン力が涵養されていたのだと信じたい。

ゲラを読んでいて、随分と泣いている歌が多いことに気付いたのがもう一つ。かつての自分なら、たとえ泣いたとしても泣く歌は作らなかったろう。それが衒いなく歌えるようになっていることに驚きもする。

収録する歌を取捨しながら、歌集を構成しながら、自らの歌の拙さ、未熟さに辟易することも屢々であった。しかし、そうしたことを改めて気付かせてくれるのも歌集を編むことの一つの大きな意義である、ということに改めて思い至れたことは大きな収穫でもあろう。

歌集を出すことを砂子屋書房の田村雅之さんにお願いしてから三、四年になろうか。なにかの会でお会いする度に、気に掛けて声を掛けてくださっていたが、私の怠慢でもう本当に随分とお待たせしてしまった。

　十五年ほど前、新宿ゴールデン街のなべさんで田村さん相手に酔っ払った私は「砂子屋さんを潰します」と喧嘩を売ったことがある。一番の大きな目標となる版元であるからこその大見得であったが、今でもその気持ちは変わらない。やはり私のなかでの最終目標は砂子屋書房である。その砂子屋さんにお世話になれた、というのは純粋に嬉しい。なべさんでスッールからずり落ちそうになっている私の飲み代を全部払ってくださった田村さんに少しでもお返し出来れば、とも思う。装幀の倉本修さんにもことあるごとに、色々と教えていただいた。はあどわあくの大石十三夫さんにもお世話になった。お三方に感謝申し上げます。

　ここ数年をかけて朧気ながら固まりかけていた「歌い続ける決意」が、この歌集を纏めることで確固たる信念になったように思う。みなさん、この先もどうぞよろしくお願いします。

二〇二〇年五月

永田　淳

歌集　竜骨《キール》もて

塔21世紀叢書第371篇

二〇二〇年七月一日初版発行

著　者　永田　淳

京都市左京区岩倉上蔵町一六九（〒六〇六―〇〇一七）

発行者　田村雅之

発行所　砂子屋書房

東京都千代田区内神田三―四―七（〒一〇一―〇〇四七）

電話　〇三―三二五六―四七〇八　振替　〇〇一三〇―二―九七六三一

URL http://www.sunagoya.com

組　版　はあどわあく

印　刷　長野印刷商工株式会社

製　本　渋谷文泉閣